Arthur Conan Doyle

Un estropié

Texte et illustration de couverture : © domaine public
Edition : Culturea (Hérault, 34)
Contact : infos@culturea.fr
Retrouvez notre catalogue sur http://culturea.fr
Imprimé en Allemagne par Books on Demand
Design typographique : Derek Murphy
Layout : Reedsy (https://reedsy.com/)

Dépôt légal : janvier 2023

ISBN : 9791041927395

Table des matières

Un estropié

Un soir d'été, quelques mois après mon mariage, j'étais assis auprès de l'âtre, et je fumais une dernière pipe en somnolant sur un roman, car ma journée de travail avait été épuisante. Ma femme était montée dans notre chambre et le bruit qu'on avait fait en fermant la porte quelque temps auparavant avait notifié que les domestiques, eux aussi, s'étaient retirés. Je m'étais levé de mon fauteuil et je secouais les cendres de ma pipe quand, soudain, j'entendis retentir la sonnette.

Je regardai l'horloge ; il était minuit moins le quart. A une heure aussi tardive, ça ne pouvait être une visite. Un malade, évidemment, et peut-être une séance de toute la nuit. Avec une grimace, j'allai dans le vestibule et j'ouvris la porte. A ma grande surprise, je vis Sherlock Holmes sur le seuil.

– Ah ! Watson, dit-il, j'avais l'espoir de ne pas arriver trop tard pour vous trouver.

– Mon cher, je vous en prie. Entrez.

– Vous avez l'air surpris et ce n'est pas étonnant. Soulagé aussi, j'imagine ! Hum ! Vous fumez toujours le mélange d'Arcadie de vos jours de célibat, donc ! Il n'y a pas à s'y méprendre, avec cette cendre pelucheuse sur votre paletot. Il est facile de dire que vous avez été accoutumé à porter l'uniforme, Watson ; vous ne passerez jamais pour un pur civil tant que vous aurez l'habitude de mettre votre mouchoir dans votre manche. Pouvez-vous me donner asile ce soir ?

– Avec plaisir.

– Vous m'avez dit que vous aviez une chambre pour une personne seule et je vois que vous n'avez aucun visiteur pour le moment : votre porte-chapeaux le proclame.

– Je serai enchanté si vous voulez rester.

– Merci ! Je vais donc occuper une de ces patères. Je regrette de constater que vous avez affaire à domicile avec l'ouvrier britannique. C'est toujours signe de dégâts. Ce n'est pas l'eau, j'espère ?

– Non, le gaz.

– Ah ! il a laissé deux marques de clous de souliers sur votre linoléum, là où tombe la lumière. Non, merci, j'ai pris un léger souper à Waterloo, mais c'est avec plaisir que je fumerai une pipe avec vous.

Je lui tendis ma blague et il s'assit en face de moi et, pendant quelque temps, fuma en silence. Je savais bien que seule une affaire importante l'avait amené chez moi à pareille heure, aussi j'attendis sans impatience qu'il en vînt au fait.

– Je vois que votre profession vous occupe pas mal en ce moment, dit-il en me regardant avec attention.

– Oui, ma journée a été très occupée, répondis-je. Mais, cela va vous sembler peut-être bien sot, ajoutai-je, je ne vois pas de quoi vous l'avez déduit.

Holmes rit tout bas.

– J'ai l'avantage, Watson, de connaître vos habitudes. Quand votre tournée est restreinte, vous allez à pied, et quand elle est longue, vous prenez un fiacre. Comme je vois que vos chaussures, bien que portées toute la journée, ne sont pas sales du tout, je ne saurais douter que vous êtes à présent assez occupé pour que cela justifie l'usage d'un fiacre.

– Excellent ! m'écriai-je.

– Élémentaire, dit-il. C'est un de ces exemples dans lesquels le logicien peut produire un effet qui paraît remarquable à son voisin parce que l'autre n'a pas saisi le petit détail qui sert de base à la déduction. On peut en dire autant, mon cher, de l'effet produit par quelques-uns de vos petits récits, effet tout factice, puisqu'il résulte de ce que vous gardez par-devers vous quelques-uns des éléments du problème, dont vous ne faites pas part au lecteur. Or, je suis, à présent, dans la même position que ces lecteurs ; je tiens en ma main plusieurs fils d'une des affaires les plus étranges qui aient jamais intrigué le cerveau d'un homme, et pourtant il me manque un, peut-être deux, des fils qu'il me faut pour compléter ma théorie. Mais je les aurai, Watson, je les aurai !

Ses yeux étincelaient, et une légère rougeur monta à ses joues maigres. Un instant le voile qui cache sa nature ardente et intense se souleva, mais ce ne fut qu'un instant. Quand de nouveau je regardai son visage, il avait repris cette impassibilité de Peau-Rouge qui fait que tant de gens le considèrent comme une machine plutôt que comme un homme.

– Ce problème offre des caractères intéressants. Je dirais même des caractères exceptionnellement intéressants. J'y ai déjà jeté un coup d'œil et je suis arrivé, je pense, en vue de ma solution. Si vous pouviez m'accompagner dans ma dernière démarche, vous pourriez me rendre un très grand service.

– J'en serais enchanté.

– Pourriez-vous venir jusqu'à Aldershot demain ?

– Je ne doute pas que Jackson ne se charge de mes malades.

– Très bien. J'ai l'intention de partir à 11 h 10 de Waterloo.

– Ça me donnera le temps nécessaire.

– Alors, si vous n'avez pas trop sommeil, je vais vous esquisser ce qui m'est arrivé et ce qu'il reste à faire.

– J'avais sommeil avant votre arrivée. Je suis bien éveillé maintenant.

– Je résumerai l'histoire autant qu'on peut le faire sans omettre rien d'essentiel. Il est même probable que vous avez pu en lire un récit quelconque. Il s'agit de l'assassinat présumé du colonel Barclay, du Royal Mellows, à Aldershot ; c'est le sujet de mon enquête.

– Je n'en ai pas entendu parler.

– Cela n'a pas encore fait grande sensation, sauf dans la région. Les faits ne datent que de deux jours. En bref les voici : le Royal Mellows est, vous le savez, un des plus fameux régiments irlandais de l'armée britannique. Il a fait des merveilles tant à la guerre de Crimée qu'au moment de la rébellion et il s'est, depuis lors, distingué dans toutes les occasions possibles. Jusqu'à lundi soir il était commandé par James Barclay, un brave vétéran qui a commencé comme simple soldat, a été promu officier pour sa bravoure lors de la rébellion, puis a vécu assez longtemps pour finir à la tête du régiment dans lequel il a jadis porté le fusil.

« Le colonel Barclay s'était marié lorsqu'il était sergent, et sa femme, de son nom de jeune fille Nancy Devoy, était la fille d'un ex-sergent qui fut garde du drapeau dans le même régiment. Il y eut donc, comme on le peut imaginer, quelque friction dans la société quand le jeune couple (car ils étaient encore jeunes) fit son entrée dans son milieu nouveau. Ils semblent, pourtant, s'être adaptés rapidement, et Mme Barclay, d'après ce que j'ai appris, a toujours été aussi bien vue des dames du régiment que l'était son mari des officiers. J'ajoute que c'était une femme d'une très grande beauté et que, même aujourd'hui, après plus de trente ans de mariage, sa beauté demeure remarquable.

« La vie familiale du colonel Barclay semble toujours avoir été heureuse. Le commandant Murphy, à qui je dois la plupart de ces renseignements, m'assure qu'il n'a jamais entendu parler d'un désaccord dans le ménage. Dans l'ensemble, il croit que la dévotion de Barclay pour sa femme était plus grande que celle de l'épouse pour le mari. S'il la quittait une journée, il était si inquiet que cela en faisait mal. Elle, de son côté, toute dévouée et fidèle qu'elle fût, se montrait moins ostensiblement affectueuse ; néanmoins on les considérait, dans le régiment, comme le modèle même d'un couple entre deux âges. Il n'y avait absolument rien dans leurs rapports qui fût de nature à préparer le public à la tragédie qui allait survenir.

« Le colonel Barclay paraît, pour sa part, avoir eu dans son caractère quelques traits singuliers. C'était d'ordinaire un vieux soldat, audacieux et jovial, mais en certaines occasions il semblait faire preuve d'une nature violente et vindicative. Il n'apparaît pas, toutefois, que sa femme ait eu à souffrir de ce côté de son caractère.

« Un autre fait qui a frappé le commandant Murphy et trois des cinq autres officiers avec qui je me suis entretenu, c'était une espèce de dépression qui s'emparait parfois du colonel. Pour employer les mots du commandant, alors même qu'il venait de prendre sa part de tous les plaisirs et de tous les bavardages de la table du mess, le sourire s'évanouissait de ses lèvres comme si une main invisible l'en avait chassé. Des jours de suite, quand il tombait dans cette humeur, il restait en proie à la plus profonde mélancolie. C'était là, outre une légère teinte de superstition, les seuls traits anormaux de son caractère que les officiers, ses collègues, eussent remarqués. Le dernier trait se traduisait surtout par une aversion à demeurer seul, en particulier dans l'obscurité... Ce trait, puéril chez un homme remarquablement brave, avait souvent fait naître des commentaires et des suppositions.

« Le premier bataillon du Royal Mellows (qui est l'ancien 117ᵉ) est, depuis quelques années, caserné à Aldershot. Les officiers mariés ne demeurent pas dans la caserne et le colonel a, de tout temps, occupé une villa qu'on appelle "Lachine", à environ un demi-mille du Camp Nord. La maison est entourée d'un jardin, mais vers l'ouest elle n'est guère à plus de trente mètres de la grand-route. Un cocher et deux bonnes constituent tout le personnel domestique. Ceux-ci, avec leur maîtresse et leur maître, étaient les seuls habitants de la villa, car les Barclay n'avaient pas d'enfants et ne recevaient guère de visiteurs à demeure.

« J'arrive maintenant aux événements qui se sont déroulés à "Lachine", lundi soir, entre 9 et 10...

« Mme Barclay était, paraît-il, membre de l'Église catholique romaine ; comme telle, elle s'était fort intéressée à la création de l'Association de Saint-Georges qui, sous les auspices de la chapelle de Watt Street, a pour but de procurer aux pauvres de vieux vêtements. Ce soir-là, à 8 heures, avait lieu une réunion de l'association et Mme Barclay avait dîné rapidement afin d'y assister. Quand elle quitta la maison, le cocher l'entendit faire à son mari quelques remarques insignifiantes et lui donner l'assurance qu'elle serait bientôt de retour. Elle est alors passée prendre Mlle Morrisson, une jeune fille qui habite la villa voisine, et toutes deux se sont rendues ensemble à leur réunion. Celle-ci a duré quarante minutes et à 9 h 15 Mme Barclay est rentrée chez elle, après avoir quitté Mlle Morrisson à sa porte, en passant.

« Il y a à "Lachine" une pièce, que l'on appelle le petit salon, qui fait face à la grand-route, et qui, par une grande porte vitrée à deux battants, donne sur la pelouse. Cette dernière a trente mètres de largeur et n'est séparée de la route que par un mur bas, surmonté d'une grille en fer. Ce fut dans cette pièce que Mme Barclay entra à son retour. Les jalousies n'en étaient pas baissées, car on se servait rarement de cette pièce le soir, mais Mme Barclay alluma elle-même la lampe, puis sonna et demanda à la bonne, Jeanne Stewart, de lui apporter une tasse de thé, ce qui était tout à fait contraire à ses habitudes. Le colonel était demeuré dans la salle à manger, mais en entendant que sa femme était revenue, ii la rejoignit au petit salon. Le cocher l'y a vu entrer après avoir traversé le vestibule. On ne l'a jamais plus revu en vie.

« Le thé commandé fut apporté au bout d'une dizaine de minutes, mais la bonne, en approchant de la porte, fut surprise d'entendre les voix de son maître et de sa maîtresse qui se disputaient furieusement. Elle frappa sans recevoir de réponse, elle tourna même la poignée, mais ce ne fut que pour constater que la porte était fermée à l'intérieur. Naturellement, elle descendit en courant informer la cuisinière, et toutes les deux montèrent avec le cocher dans le vestibule pour écouter la dispute qui faisait toujours rage. Tous sont d'accord qu'on n'entendait que deux voix, celles de Barclay et de sa femme. Barclay s'exprimait d'une voix étouffée mais saccadée, de sorte que ceux qui écoutaient n'en percevaient rien. En revanche, les répliques de la dame étaient très âpres et, quand elle élevait la voix, on pouvait l'entendre nettement. "Lâche ! répéta-t-elle à maintes reprises. Que peut-on faire à présent ? Rendez-moi ma vie. Je ne veux jamais plus fût-ce respirer le même air que vous ! Vous êtes un lâche ! un lâche !" Ce sont là des bribes de leur conversation, qui se termina soudain par un cri perçant que poussa l'homme puis, après un grand fracas, par un autre cri perçant que poussa la femme. Convaincu qu'une tragédie venait de se dérouler, le cocher se jeta sur la porte et tenta de l'ouvrir de force, tandis que, à l'intérieur, les cris continuaient. Le cocher ne réussit pourtant pas à entrer et les bonnes étaient trop éperdues de peur pour lui être d'aucun secours. Une pensée soudaine lui vint, toutefois ; il franchit en courant la porte du vestibule et se dirigea vers la pelouse sur laquelle ouvrait la haute porte vitrée. Un des deux battants s'en trouvait ouvert, fait, paraît-il, tout à fait extraordinaire en été ; notre homme entra donc dans la pièce sans difficulté. Sa patronne, qui avait cessé de crier, était étendue sans connaissance sur un canapé, tandis que, avec ses pieds, posés sur le bras d'un fauteuil et la tête sur le plancher du garde-feu, l'infortuné soldat gisait, raide mort, dans une mare de son propre sang.

« Naturellement, la première pensée du cocher, en voyant qu'il ne pouvait rien faire pour son maître, fut d'ouvrir la porte. Mais là une difficulté inattendue et bizarre se présenta. La clé n'était pas à l'intérieur sur la serrure, et il ne put la trouver nulle part dans la pièce. Il sortit donc par la fenêtre et revint quand il se fut procuré l'aide d'un agent de police et d'un médecin. La dame, toujours sans connaissance et sur qui pesaient les plus graves soupçons, fut transportée dans sa chambre. On plaça le corps du colonel sur le divan et on se livra à un examen soigneux du théâtre de la tragédie.

« On trouva que la blessure qui avait tué l'infortuné soldat était une entaille irrégulière, et longue de deux pouces, pratiquée à la nuque, de toute évidence par un instrument qu'il n'était pas difficile d'identifier, car sur le plancher, tout près du corps, gisait un étrange bâton en bois dur sculpté, muni d'une poignée en os. Le colonel possédait une collection d'armes diverses rapportées des différents pays où il s'était battu, et la police suppose que ce bâton comptait parmi ses trophées. Les domestiques nient l'avoir jamais vu avant, mais parmi toutes les curiosités de la maison il se peut qu'on ne l'ait pas remarqué. La police n'a fait dans la pièce aucune autre découverte de quelque importance, mis à part le fait inexplicable que, ni sur la personne de Mme Barclay, ni sur celle de la victime, ni nulle part ailleurs, on n'a pu trouver la clé disparue. Un serrurier d'Aldershot a, par la suite, ouvert la porte.

« Telle se présentait la situation, Watson, quand, mardi matin, à la requête du commandant Murphy, je suis allé à Aldershot aider la police dans ses efforts. Vous reconnaîtrez, je crois, que le problème offrait déjà pas mal d'intérêt, mais mes observations firent que je me rendis vite compte qu'il était, en vérité, bien plus extraordinaire qu'il ne le paraissait d'abord.

« Avant d'examiner la pièce, j'ai interrogé les domestiques, mais je n'ai réussi qu'à en tirer les faits que j'ai déjà exposés. Jeanne Stewart, la femme de chambre, se souvint toutefois d'un détail intéressant. Vous vous rappelez qu'en entendant le bruit de la querelle, elle était descendue et qu'elle était revenue avec les autres. Elle dit que, quand elle était seule, la première fois, les voix de ses patrons étaient si basses qu'elle pouvait à peine les entendre et que c'est à leur ton, plus qu'à leurs paroles, qu'elle a jugé qu'ils s'étaient pris de querelle. En insistant, cependant, elle se souvint qu'elle avait entendu le mot "David", prononcé deux fois par la dame. Ce point est de la plus haute importance, car il nous aiguille vers la cause de la soudaine querelle : le nom du colonel, vous ne l'avez pas oublié, est James.

« Il y avait, dans cette affaire, une chose qui avait fait la plus profonde impression tant sur les domestiques que sur la police. C'était l'affreuse contraction du visage du colonel. Il était figé, suivant leur propre récit, dans l'expression la plus terrible de crainte et d'horreur que visage humain pût prendre. Plusieurs personnes s'évanouirent rien qu'à sa vue, tant l'effet en était hideux. Il était par conséquent certain que le défunt avait vu venir son sort et qu'il en avait éprouvé une immense horreur. Naturellement, cela cadrait avec la théorie de la police, si le colonel avait pu voir sa femme essayer de l'assassiner. Le fait que la blessure se trouvât à la nuque n'était pas non plus un obstacle décisif à cette théorie, car il avait fort bien pu se détourner pour éviter le coup. Impossible, d'ailleurs, de tirer aucun renseignement de la dame qui, pour le moment, en proie à une crise aiguë de fièvre cérébrale, déraisonnait.

« Par la police, j'ai appris que Mlle Morrisson, qui, ce soir-là, vous vous le rappelez, était sortie en compagnie de Mme Barclay, assurait ignorer complètement ce qui avait, au retour, provoqué la mauvaise humeur de son amie.

« Après avoir recueilli ces faits, Watson, j'ai fumé plusieurs pipes en y songeant et en m'efforçant de séparer ceux qui étaient essentiels de ceux qui se trouvaient purement accidentels. On ne pouvait mettre en doute que le point le plus caractéristique, et le plus riche en suggestions était, en l'occurrence, la disparition de la clé de la porte. Une fouille minutieuse n'avait pas réussi à la faire retrouver dans la pièce. Donc, on l'avait prise. Mais ni le colonel ni sa femme n'avaient pu la prendre. Voilà qui était tout à fait clair. Une tierce personne avait donc dû entrer et cette tierce personne n'avait pu entrer que par la fenêtre. Il me sembla qu'un examen sérieux de la pièce et de la pelouse révélerait peut-être des traces de ce mystérieux personnage. Vous connaissez mes méthodes, Watson. Il n'y en a pas une que je n'aie employée dans mes recherches. Et je finis par découvrir des traces, mais bien différentes de celles que j'avais escomptées. Il y avait eu un homme dans la pièce et, venant de la route, il avait traversé la pelouse. J'ai pu dénicher cinq empreintes très nettes de ses pas ; l'une sur la route même, au point où il a grimpé sur le mur, deux sur la pelouse et deux, très faibles, sur des planches couvertes de terre près de la fenêtre où il est entré. Sans doute avait-il traversé la pelouse en courant, car les pointes des pieds étaient bien plus profondément marquées que les talons. Mais ce ne fut pas l'homme qui me surprit, ce fut son compagnon.

– Son compagnon !

Holmes tira de sa poche une grande feuille de papier de soie et là déplia soigneusement sur son genou.

– Que dites-vous de ça ? demanda-t-il.

Le papier portait les calques des empreintes de pattes d'un petit animal. Il y en avait cinq, très nettes, avec la marque de longues griffes et l'ensemble d'une empreinte était à peu près de la dimension d'une cuillère à café.

– C'est un chien, dis-je.

– Vous avez déjà vu un chien grimper à un rideau ? J'ai trouvé des traces fort nettes qui prouvaient que cet animal l'a fait.

– Un singe, alors ?

– Mais ce n'est pas l'empreinte d'un singe.

– Qu'est-ce que ça peut donc être ?

– Ni chien, ni chat, ni singe ; ce n'est pas un animal qui nous soit familier. J'ai essayé de le reconstruire d'après les mesures. Voici quatre empreintes prélevées à un endroit où la bête est restée immobile. Vous voyez qu'il n'y a pas moins de quarante centimètres entre la patte de devant et la patte de derrière. Ajoutez à cela la longueur du cou et de la tête et vous avez un animal d'au moins soixante centimètres de long – probablement davantage, s'il a une queue. Mais remarquez, à présent, cette autre mesure. L'animal s'est déplacé et nous avons la longueur de ses pas : dans chaque cas, ceux-ci ont tout au plus huit centimètres de long. Et cela nous indique, vous le voyez, un long corps juché sur de très courtes pattes. L'animal n'a pas eu la prévenance de laisser des poils derrière lui, mais sa forme générale doit être celle que j'ai dite. En outre, il est capable de grimper à un rideau et carnivore.

– De quoi déduisez-vous cela ?

– De ce qu'il a grimpé au rideau. Il y avait une cage à serin pendue à la fenêtre et son but semble avoir été d'arriver jusqu'à l'oiseau.

– Mais quelle bête était-ce donc ?

– Ah ! si je pouvais lui donner un nom, cela nous mènerait loin sur la voie de la solution de notre affaire. Tout compte fait, c'était sans doute un animal de la famille de la belette ou de l'hermine – et pourtant il est plus fort qu'aucune de celles que j'aie vues.

– Mais quelle part a-t-il au crime ?

– Cela aussi reste obscur ; tout de même nous avons appris pas mal de choses, vous voyez. Nous savons qu'un homme est resté sur la route, debout, à regarder les Barclay se disputer – les jalousies étaient levées et la pièce éclairée. Nous savons aussi que cet homme a traversé la pelouse en courant, qu'il est entré dans la salle avec un animal inconnu et que, ou bien il a frappé le colonel, ou bien, ce qui est également possible, le colonel est tombé de pure frayeur en le voyant et s'est fendu la tête sur l'extrémité du garde-feu. Enfin, nous avons le fait curieux que l'intrus a emporté la clé de la porte, en s'en allant.

– Vos découvertes semblent laisser l'affaire plus obscure qu'elle ne l'était au début, dis-je.

– Très juste. Elles ont indiscutablement montré que cette affaire était bien plus compliquée qu'on ne l'a d'abord supposé. Je l'ai reconsidérée et j'en suis arrivé à la conclusion qu'il faut l'aborder d'un autre point de vue. Mais, vraiment, Watson, je vous tiens debout et il me serait tout aussi possible de vous dire tout cela demain en nous rendant à Aldershot.

– Merci. Vous êtes allé trop loin pour en rester là.

– Donc, il était absolument certain que, quand Mme Barclay est partie de chez elle à 7 h 30, elle était en bons termes avec son mari. Elle n'a jamais fait, je crois vous l'avoir dit, étalage de son affection, mais le cocher l'a entendue bavarder amicalement avec le colonel... Or, il était non moins certain qu'immédiatement après son retour elle était allée dans la pièce où elle avait le moins de chances de voir son mari, qu'elle avait aussitôt demandé du thé, comme le fait une femme agitée, et enfin qu'elle avait éclaté en reproches violents quand son mari était venu la rejoindre. Entre 7 h 30 et 9 heures, donc, il s'était passé quelque chose qui avait complètement changé ses sentiments envers son mari. Or, Mlle Morrisson ne l'avait pas quittée de toute cette heure et demie. Il était donc absolument certain que, malgré ses dénégations, elle devait savoir quelque chose de l'affaire.

« Ma première supposition fut que, peut-être, il y avait eu, entre cette jeune femme et le vieil officier, certaines relations dont elle avait fait l'aveu à son épouse. Cela expliquerait le retour irrité de celle-ci chez elle et aussi l'affirmation de celle-là qu'il n'était rien arrivé. Et ce n'était pas non plus en désaccord avec la plupart des paroles qu'on avait surprises. Seulement il y avait cette allusion à David, et aussi l'affection bien connue du colonel pour sa femme ; deux choses qui allaient fort à l'encontre de cette idée, sans parier de l'intrusion de l'autre homme qui, naturellement, pouvait être sans aucun rapport avec ce qui s'était produit. Il n'était pas facile de se diriger mais, tout bien pesé, j'étais porté à écarter l'idée qu'il s'était passé quelque chose entre le colonel et Mlle Morrisson, et j'étais plus convaincu que jamais que cette jeune personne pouvait me mettre sur la voie des raisons qui avaient poussé Mme Barclay à prendre soudain son mari en horreur. Je résolus donc de lui rendre visite, de lui expliquer que j'étais tout à fait certain qu'elle connaissait tous les faits et de lui donner l'assurance que son amie, Mme Barclay, pourrait bien s'asseoir au banc des accusés avec une inculpation d'assassinat si l'affaire n'était pas tirée au clair.

« Mlle Morrisson est un petit brin de femme rêveuse, avec des yeux timides et des cheveux blonds, mais je ne l'ai nullement trouvée dénuée de finesse et de bon sens. Quand j'ai eu parlé, elle est restée quelque temps à réfléchir, puis, se tournant vers moi d'un air alerte et bien décidé, elle s'est lancée dans un récit remarquable que je vais résumer à votre intention.

« – J'ai promis à mon amie de ne rien dire de cette affaire, et une promesse est une promesse, dit-elle. Mais si je peux vraiment lui venir en aide, la pauvre, quand on porte contre elle une accusation aussi grave, et quand la maladie lui ferme la bouche, je crois que cela me délie de ma promesse. Je vais donc vous dire exactement tout ce qui lui est arrivé lundi soir.

« "Nous revenions de la mission de Watt Street vers 8 h 45. Notre chemin nous faisait traverser Hudson Street, qui est une voie très tranquille. Il n'y a dans cette rue qu'un réverbère du côté gauche et, comme nous en approchions, j'ai vu un homme qui venait vers nous. Il avait le dos très courbé et portait quelque chose qui ressemblait à une boîte suspendue à une de ses épaule par une courroie. Il paraissait tout à fait difforme, car sa tête s'inclinait très bas en avant et il marchait les genoux pliés. Nous passions à côté de lui quand il leva le visage pour nous regarder dans le cercle de lumière que projetait le réverbère et, ce faisant, il s'arrêta et s'écria d'une voix terrible : "Grand Dieu ! c'est Nancy." Mme Barclay devint d'une pâleur mortelle et elle serait tombée si cet être d'aspect terrifiant ne l'avait retenue. J'allais appeler la police, mais, à ma grande surprise, elle répondit tout à fait poliment à cet individu.

« – Je vous croyais mort depuis trente ans, Henry, dit-elle d'une voix tremblante.

« – Et c'est vrai, dit-il, et il y avait quelque chose d'effrayant dans le ton dont il prononçait ces paroles. Son visage était sombre, épouvantable et il avait dans les yeux une flamme qui me revient dans mes rêves ; ses cheveux et ses favoris étaient semés de gris et sa figure était toute gercée, craquelée comme une pomme flétrie.

« – Faites quelques pas, ma chère, me dit Mme Barclay, je voudrais échanger quelques mots avec cet homme. Il n'y a rien à craindre.

« Elle s'efforçait de parler d'un ton dégagé, mais elle était toujours mortellement pâle et elle pouvait à peine énoncer ses mots, tant ses lèvres tremblaient.

« Je fis ce qu'elle me demandait et ils causèrent pendant quelques minutes. Elle me rejoignit ensuite, ses yeux étincelaient, quant au malheureux estropié, je le vis, debout près du réverbère, qui agitait dans l'air ses poings crispés, comme s'il était fou de rage. Elle ne prononça pas un mot avant que nous ne fussions à ma porte. Alors elle me prit la main et me pria de ne souffler mot à quiconque de ce qui venait d'arriver. "C'est quelqu'un que j'ai connu, il y a longtemps, et qui a eu des revers dans la vie", m'expliqua-t-elle. Quand j'eus promis de ne rien dire, elle m'embrassa, et je ne l'ai plus revue depuis. Je vous ai maintenant rapporté toute la vérité, et si je l'ai cachée à la police, c'est que je ne me rendais pas compte alors du danger où se trouvait mon amie. Je sais qu'il ne peut être qu'à son avantage que tout soit connu.

– Telle fut sa déclaration, Watson, et pour moi, comme vous pouvez l'imaginer, elle fut comme une lumière dans la nuit. Tout ce qui auparavant était sans lien aucun commença tout de suite à prendre sa vraie place et j'eus comme un vague pressentiment de toute la suite des événements. Ma première démarche, évidemment, consistait maintenant à trouver l'homme qui avait produit sur Mme Barclay une si remarquable impression. S'il était encore à Aldershot, ce ne devait pas être une tâche difficile. Il n'y a pas un bien grand nombre de civils à Aldershot et un estropié avait sûrement dû attirer l'attention. J'ai passé une journée à le chercher, et le soir – ce soir même, Watson – je me suis presque heurté à lui. L'homme s'appelle Henry Wood et il loge dans la rue même où ces dames l'ont rencontré. Il n'y a que cinq jours qu'il est là. En me faisant passer pour un agent du contrôle, j'ai fait une causette très intéressante avec sa logeuse. C'est, par profession, un prestidigitateur et un saltimbanque, il visite les cantines, à la nuit tombée, et y donne un petit divertissement. Il porte avec lui dans une boîte une bête dont la logeuse semble avoir grand-peur, car elle n'a jamais vu un animal pareil. A ce qu'elle dit, il s'en sert pour certains de ses tours. Voilà ce que la femme a pu me dire, et aussi qu'on se demandait comment cet homme était en vie, tant il est difforme, et enfin qu'il parlait parfois une langue étrange, que les deux dernières nuits elle l'avait entendu gémir et pleurer dans la chambre où il couche. Quant à l'argent tout allait bien, mais dans le dépôt qu'il lui a confié, il lui avait donné une pièce qui avait l'air d'un mauvais florin. Elle me l'a montrée, Watson : c'était une roupie indienne.

« Et maintenant, mon cher ami, vous voyez exactement où nous en sommes et pourquoi j'ai besoin de vous. Il est évident que lorsque ces dames l'eurent quitté, cet homme les a suivies d'un peu loin, que, par la fenêtre, il a vu le mari et la femme se quereller, qu'il s'est rué dans la pièce et que la bête qu'il portait dans la boîte s'est échappée. Tout cela est tout à fait certain. Mais il est la seule personne au monde qui puisse nous dire exactement ce qui s'est passé dans cette pièce.

– Et vous voulez le lui demander ?

– Très certainement, mais en présence d'un témoin.

– Et le témoin, ce sera moi ?

– Si vous le voulez bien. S'il peut éclaircir l'affaire, fort bien. S'il refuse, nous n'aurons pas d'autre ressource que de solliciter un mandat d'arrêt.

– Mais comment savez-vous qu'il sera là quand nous retournerons là-bas ?

– Soyez tranquille : j'ai pris mes précautions. J'ai un de mes petits bonshommes de Baker Street qui monte la garde et le surveille, et qui se collera à lui comme un glouteron, partout où il pourra aller. Nous le trouverons demain dans Hudson Street, Watson ; et en attendant, je serais un criminel moi-même si je vous empêchais plus longtemps d'aller vous coucher.

Il était midi lorsque nous nous sommes trouvés sur le lieu de la tragédie et, guidés par mon compagnon, nous nous sommes sans retard dirigés vers Hudson Street. En dépit de la façon dont il excelle à cacher ses émotions, je pouvais facilement voir que Holmes était dans un état de surexcitation qu'il maîtrisait, cependant que je frémissais moi-même de ce plaisir mi-sportif, mi-intellectuel, que j'éprouvais invariablement quand je me trouvais associé à ses recherches.

– Voici la rue, dit-il en prenant une petite voie bordée de simples maisons en brique à deux étages. Ah ! voici Simpson qui vient au rapport.

– Tout va bien, monsieur Holmes ; il est là-haut, s'écria un petit gamin des rues, en accourant à nous.

– C'est bien, Simpson ! dit Holmes en posant la main sur sa tête. Venez, Watson. Voici la maison.

Il fit passer sa carte avec un mot qui disait qu'il était venu pour une affaire importante ; un instant après, nous étions en face de l'homme que nous venions voir. Bien que le temps fût chaud, il était penché sur le feu et la petite chambre ressemblait à un four. L'homme était assis, tout tordu et recroquevillé sur sa chaise, de telle façon qu'il produisait une indéfinissable impression de difformité ; toutefois, la figure qu'il tourna vers nous, bien que fatiguée et basanée, avait dû être autrefois d'une exceptionnelle beauté. Ses yeux, striés d'un jaune bilieux, nous considéraient d'un air soupçonneux et, sans parler, sans se lever, d'un simple signe, il nous montra deux chaises.

– Vous êtes bien monsieur Henry Wood, anciennement résidant aux Indes, dit Holmes avec affabilité. Je suis venu au sujet de cette petite affaire qu'est la mort du colonel Barclay.

– Qu'est-ce que vous voulez que j'en sache ?

– C'est ce dont je voulais m'assurer. Vous savez, je suppose, que si la chose n'est pas tirée au clair, Mme Barclay, qui est une de vos vieilles amies, sera très probablement poursuivie pour assassinat.

L'homme tressaillit violemment.

– Je ne sais qui vous êtes, s'écria-t-il, ni comment vous avez appris ce que vous savez, mais voulez-vous me jurer que ce que vous me dites est bien la vérité.

– Ma foi ! on attend seulement qu'elle reprenne ses sens pour l'arrêter.

– Mon Dieu ! Êtes-vous de la police vous-même ?

– Non.

– Alors, en quoi cette affaire vous regarde-t-elle ?

– C'est l'affaire de tout le monde de veiller à ce que justice soit faite.

– Vous pouvez me croire sur parole : elle est innocente.

– Alors vous êtes coupable ?

– Non, je ne le suis pas non plus.

– Qui donc a tué le colonel James Barclay ?

– C'est un destin équitable qui l'a tué. Mais, comprenez-moi bien : je lui aurais fait sauter la cervelle, comme j'avais à cœur de le faire, qu'il n'aurait eu, de ma part, que ce qu'il méritait. Si le remords ne l'avait pas terrassé, il est bien probable que j'aurais eu son sang sur la conscience. Vous voulez que je vous raconte l'histoire ? Eh bien ! je ne vois pas pourquoi je ne le ferais pas, car je n'ai aucune raison d'en rougir.

« Voici comment ça s'est passé, monsieur. Vous me voyez aujourd'hui avec mon dos comme un chameau et mes côtes tout de travers ; mais il a eu un temps où le caporal Henry Wood était l'homme le plus élégant du 117ᵉ d'infanterie. Nous étions alors aux Indes, cantonnés dans un endroit que nous appelions Bhurtee. Barclay, qui est mort l'autre jour, était sergent dans la même compagnie que moi, et la belle du régiment – mieux que cela, la plus belle fille qui ait jamais aspiré l'air du bon Dieu entre ses lèvres –, c'était Nancy Devoy, la fille du sergent de la garde au drapeau. Il y avait deux hommes qui l'aimaient, mais elle n'en aimait qu'un seul ; et vous sourirez quand, considérant ce pauvre être recroquevillé devant le feu, vous m'entendrez dire qu'elle m'aimait pour ma fière allure.

« Eh bien ! quoique son cœur fût à moi, le père avait décidé qu'elle épouserait Barclay. J'étais étourdi, insouciant, tandis que lui, il avait de l'éducation et se trouvait désigné pour être promu officier. Mais la fille me restait fidèle et il semblait bien qu'elle serait à moi lorsque la mutinerie éclata et tout l'enfer se déchaîna dans la région.

« Nous avons été enfermés dans Bhurtee, tout le régiment avec une demi-batterie d'artillerie, une compagnie de Sikhs et quantité de civils et de femmes. Dix mille rebelles qui nous encerclaient et ils étaient aussi enragés qu'une meute de fox-terriers autour d'une cage à rats. Vers la seconde semaine, l'eau manqua et la question se posa de savoir si nous pourrions communiquer avec la colonne du général Neill, qui s'avançait, quelque part dans la région. C'était notre seul espoir car, avec toutes les femmes et les enfants, nous ne pouvions escompter sortir les armes à la main. Je me suis alors proposé comme volontaire pour aller informer le général Neill du danger où nous étions. Mon offre fut acceptée et je m'en entretins avec le sergent Barclay, qui était censé connaître le pays mieux que n'importe qui. Il me dessina le chemin par où je pourrais traverser les lignes rebelles. A 10 heures, ce même soir, je me mis en route. Il y avait mille existences à sauver, mais je ne pensais qu'à une seule quand je me suis laissé tomber de l'autre côté du mur, cette nuit-là.

« Mon chemin suivait un cours d'eau desséché qui, nous l'avions espéré, me cacherait à la vue des sentinelles ennemies, mais au moment où je me glissais doucement à un détour, j'ai marché tout droit sur six d'entre elles qui, tapies dans l'obscurité, m'attendaient. En un clin d'œil je reçus un coup terrible qui m'étourdit, et on me ligota les mains et les pieds. Mais le véritable coup me frappa au cœur et non à la tête, car lorsque je revins à moi et que j'écoutai tout ce que je pouvais saisir de leur conversation, j'en entendis assez pour comprendre que mon camarade, celui-là même qui m'avait tracé la route à suivre, m'avait, avec la complicité d'un domestique indigène, trahi et livré aux mains des ennemis.

« Il n'est pas nécessaire que j'insiste sur cette partie de mon histoire. Vous savez à présent ce dont James Barclay était capable. Bhurtee fut délivré par Neill le lendemain, mais les rebelles m'emmenèrent avec eux dans leur retraite et de longues années s'écoulèrent pour moi sans revoir un visage blanc. J'ai été torturé, j'ai essayé de m'échapper, on m'a repris et on m'a torturé de nouveau. Vous voyez vous-même l'état dans lequel on m'a laissé. Un groupe de rebelles qui s'enfuirent au Népal m'emmenèrent avec eux et, plus tard, on me conduisit du côté de Darjeeburg. Là-haut, les gens des collines massacrèrent les rebelles qui me détenaient et je devins leur esclave pendant quelque temps, jusqu'au jour où je m'évadai, mais au lieu d'aller vers le Sud, j'ai dû monter vers le Nord, car je me suis en fin de compte trouvé chez les Afghans. Là, j'ai erré pendant de longues années et je suis enfin revenu au Punjab où j'ai vécu parmi les indigènes grâce aux tours de prestidigitation que j'avais appris. A quoi cela m'aurait-il servi, pauvre estropié que j'étais, de revenir en Angleterre et de m'y faire reconnaître par mes anciens camarades ? Même mon désir de vengeance ne pouvait m'y résoudre. Je préférais laisser Nancy et mes frères d'armes de jadis penser qu'Henry Wood était mort, le dos toujours bien droit, plutôt que de me montrer tel que j'étais vivant, étayé d'un bâton comme un chimpanzé. On n'a jamais douté de ma mort et je voulais qu'on n'en doute pas. J'ai appris que Barclay avait épousé

Nancy, qu'il était rapidement monté en grade dans le régiment, mais même cela ne m'a pas fait parler.

« Seulement, en vieillissant, on se prend à regretter la patrie. Pendant des années j'ai rêvé des champs verts et brillants, des haies de l'Angleterre. A la fin j'ai résolu de les revoir avant de mourir. J'ai économisé assez d'argent pour faire la traversée et puis, je suis venu ici, où il y a des soldats, car je connais leurs habitudes et je sais les amuser pour gagner ma pitance.

— Votre récit est fort intéressant, dit Sherlock Holmes. J'étais déjà au courant de votre rencontre avec Mme Barclay et je sais comment vous vous êtes reconnus. Vous l'avez ensuite suivie, je crois, jusque chez elle et, par la fenêtre, vous avez assisté à la querelle qu'elle a eue avec son mari et au cours de laquelle, sans doute, elle lui a jeté à la face la façon dont il s'était conduit envers vous. Vos sentiments ont pris le dessus, vous avez traversé la pelouse en courant et vous avez fait irruption dans la salle.

— C'est vrai, monsieur, et à ma vue il a changé à tel point que je n'avais jamais vu avant un homme avec cet air-là, puis il est tombé, la tête sur le garde-feu. Mais il était mort avant de tomber. Je lisais la mort sur son visage, aussi clairement que je lis ce texte au-dessus de la cheminée. Ma seule vue a été pour lui comme une balle au travers de son cœur coupable.

— Et ensuite ?

— Ensuite, Nancy s'est évanouie et j'ai pris dans sa main la clé de la porte, dans l'intention d'ouvrir et d'appeler au secours. Mais au moment de le faire, il m'a semblé qu'il valait mieux ne pas m'en occuper et partir, car les choses pourraient mal tourner pour moi et, de toute façon, mon secret serait connu si j'étais pris. Dans ma hâte j'ai fourré la clé dans ma poche et j'ai laissé tomber mon bâton, en cherchant à rattraper Teddy qui était grimpé au rideau. Quand je l'ai eu rentré dans sa boîte, d'où il s'était échappé, j'ai filé aussi vite que possible.

– Qui est Teddy ? demanda Holmes.

L'homme se pencha dans le coin sur une espèce de cage dont il souleva le couvercle. Aussitôt en sortit vivement un animal d'un beau rouge brun, fin et souple, avec les pattes d'une belette, un long nez effilé et deux yeux qui étaient les plus beaux yeux rouges que j'aie jamais vus dans la tête d'une bête.

– Une mangouste ! m'écriai-je.

– Oui, il y en a qui l'appellent comme cela et d'autres un ichneumon, dit l'homme. « Attrape serpent », voilà comment, moi, je l'appelle, car Teddy est d'une vivacité étonnante pour saisir les cobras. J'en ai un là, dépourvu de ses crochets à venin, et Teddy l'attrape chaque soir pour amuser les gars des cantines. Rien d'autre, monsieur ?

– Il se peut que nous demandions à vous revoir, au cas où Mme Barclay se trouverait sérieusement en difficulté.

– En ce cas, bien sûr, je viendrais.

– Mais sans cela, il n'y a aucune raison d'évoquer ce scandale qui accable un mort ; si viles qu'aient été les actions de celui-ci, vous avez, du moins, la satisfaction de savoir que, pendant trente ans de sa vie, sa conscience lui a amèrement reproché son infamie. Ah ! voici le commandant Murphy qui passe sur le trottoir d'en face. Au revoir, Wood. Je veux savoir s'il s'est produit quelque chose depuis hier.

Nous rejoignîmes le commandant avant qu'il n'eût atteint le coin de la rue.

– Ah ! Holmes, dit-il, je suppose que vous savez que tout ce bruit qu'on a fait n'a, en fin de compte, abouti à rien ?

– Comment cela ?

– L'enquête vient de se terminer. Le témoignage du médecin a démontré de façon concluante que la mort est due à l'apoplexie. Vous le voyez, c'était, somme toute, une affaire bien simple.

– Oh remarquablement superficielle, dit Holmes en souriant. Allons, Watson, je ne pense pas qu'on ait encore besoin de nous à Aldershot.

– Il reste une chose, dis-je, tout en descendant vers la gare. Si le nom du mari était James et celui de l'autre, Henry, pourquoi a-t-on parlé de David ?

– Ce seul mot, mon cher Watson, aurait dû me révéler toute l'histoire, si j'avais été le logicien idéal que vous aimez tant à dépeindre. C'était, de toute évidence, un mot de reproche.

– De reproche ?

– Oui, David pécha un peu de temps en temps, vous le savez et, en une certaine occasion, il s'écarta du droit chemin de la même façon que le sergent Barclay. Vous n'avez pas oublié la petite affaire d'Une et de Bethsabée ? Mes connaissances bibliques sont un peu rouillées, j'en ai peur, mais vous trouverez cette histoire dans le premier ou le second livre de Samuel.

Toutes les aventures de Sherlock Holmes

Liste des quatre romans et cinquante-six nouvelles qui constituent les aventures de Sherlock Holmes, publiées par Sir Arthur Conan Doyle entre 1887 et 1927.

Romans

* Une Étude en Rouge (novembre 1887)
* Le Signe des Quatre (février 1890)
* Le Chien des Baskerville (août 1901 à mai 1902)
* La Vallée de la Peur (sept 1914 à mai 1915)

Les Aventures de Sherlock Holmes

* Un Scandale en Bohême (juillet 1891)
* La Ligue des Rouquins (août 1891)
* Une Affaire d'Identité (septembre 1891)
* Le Mystère de Val Boscombe (octobre 1891)
* Les Cinq Pépins d'Orange (novembre 1891)
* L'Homme à la Lèvre Tordue (décembre 1891)
* L'Escarboucle Bleue (janvier 1892)
* Le Ruban Moucheté (février 1892)
* Le Pouce de l'Ingénieur (mars 1892)
* Un Aristocrate Célibataire (avril 1892)
* Le Diadème de Beryls (mai 1892)
* Les Hêtres Rouges (juin 1892)

Les Mémoires de Sherlock Holmes

* Flamme d'Argent (décembre 1892)
* La Boite en Carton (janvier 1893)
* La Figure Jaune (février 1893)
* L'Employé de l'Agent de Change (mars 1893)
* Le Gloria-Scott (avril 1893)
* Le Rituel des Musgrave (mai 1893)
* Les Propriétaires de Reigate (juin 1893)

* Le Tordu (juillet 1893)
* Le Pensionnaire en Traitement (août 1893)
* L'Interprète Grec (septembre 1893)
* Le Traité Naval (octobre / novembre 1893)
* Le Dernier Problème (décembre 1893)

Le Retour de Sherlock Holmes

* La Maison Vide (26 septembre 1903)
* L'Entrepreneur de Norwood (31 octobre 1903)
* Les Hommes Dansants (décembre 1903)
* La Cycliste Solitaire (26 décembre 1903)
* L'École du prieuré (30 janvier 1904)
* Peter le Noir (27 février 1904)
* Charles Auguste Milverton (26 mars 1904)
* Les Six Napoléons (30 avril 1904)
* Les Trois Étudiants (juin 1904)
* Le Pince-Nez en Or (juillet 1904)
* Un Trois-Quarts a été perdu (août 1904)
* Le Manoir de L'Abbaye (septembre 1904)
* La Deuxième Tâche (décembre 1904)

Son Dernier Coup d'Archet

* L'aventure de Wisteria Lodge (15 août 1908)
* Les Plans du Bruce-Partington (décembre 1908)
* Le Pied du Diable (décembre 1910)
* Le Cercle Rouge (mars/avril 1911)
* La Disparition de Lady Frances Carfax (décembre 1911)
* Le détective agonisant (22 novembre 1913)
* Son Dernier Coup d'Archet (septembre 1917)

Les Archives de Sherlock Holmes

* La Pierre de Mazarin (octobre 1921)
* Le Problème du Pont de Thor (février et mars 1922)
* L'Homme qui Grimpait (mars 1923)

* Le Vampire du Sussex (janvier 1924)
* Les Trois Garrideb (25 octobre 1924)
* L'Illustre Client (8 novembre 1924)
* Les Trois Pignons (18 septembre 1926)
* Le Soldat Blanchi (16 octobre 1926)
* La Crinière du Lion (27 novembre 1926)
* Le Marchand de Couleurs Retiré des Affaires (18 décembre. 1926)
* La Pensionnaire Voilée (22 janvier 1927)
* L'Aventure de Shoscombe Old Place (5 mars 1927)